Traduit de l'anglais par Isabelle Reinharez

Titre de l'édition originale : « The Secret of Black Rock »
(Flying Eye Books, an imprint of Nobrow Ltd., Londres, 2017)

Loi numéro 49 956 du 16 juillet 1949
sur les publications destinées à la jeunesse : mars 2018
Dépôt légal : juin 2019
Imprimé en Lettonie
ISBN 978-2-211-23595-2

MIXTE
Papier issu de sources responsables
FSC® C002795

Joe Todd-Stanton

Le SECRET du ROCHER NOIR

l'école des loisirs
11, rue de Sèvres, Paris 6e

Erine Pike habitait à côté d'un port de pêche
avec sa maman et son chien Archie.

Elle rêvait de sortir en mer,
mais c’était trop dangereux à cause de…

... la légende du ROCHER NOIR !

Tous les pêcheurs avaient une histoire terrifiante à raconter.

« Il change tout le temps de place et est capable de réduire un bateau en miettes ! »

« Il est aussi gros qu'une montagne et aussi pointu qu'un espadon ! »

Pourtant, Erine n’avait pas peur.

Tous les jours, elle se cachait sur le bateau de pêche de sa maman.
Et, tous les jours, grâce à son flair, Archie la retrouvait.

Le soir, elle attendait que sa maman rentre saine et sauve...

... en espérant apercevoir le mystérieux Rocher Noir.

Un matin, Erine imagina un plan
pour tromper le flair d'Archie.

Sa maman était très occupée et ne
remarqua pas qu'Erine était à bord.

Au cours de la journée, le brouillard descendit...

... et devint plus épais...

... toujours plus épais...

... jusqu'à ce qu'Erine ne voie pas plus loin que le bout de son nez.

Soudain, une forme sombre,
gigantesque, se dressa
devant le bateau !

Le bateau vira brusquement,

et comme il repartait dans le brouillard...

... Erine tomba à l'eau sans que sa maman s'en aperçoive.

Erine nagea de toutes ses forces pour remonter
à la surface, mais plus elle luttait, plus elle coulait…

... jusqu'à ce qu'elle se retrouve dans l'obscurité la plus totale.
Alors un grondement sourd et menaçant retentit autour d'elle.

Le Rocher Noir se réveillait !

Il la ramena à la surface. Et Erine découvrit
que ce n'était pas un rocher ordinaire !

C'était une immense créature vivante entourée
de centaines d'espèces de poissons multicolores.

C'était si beau
qu'Erine replongea dans l'eau
pour admirer des méduses
scintillantes et translucides…

… d'énormes carpes koï
à moustaches…

… et des lottes
qui éclairaient autant
que sa lampe de chevet !

Mais elle vit aussi
les égratignures laissées
par les bateaux
qui s'étaient perdus…

… des filets de pêche
tout emmêlés…

… et une énorme ancre
pointue, plantée
dans le rocher.

Erine comprit qu'il fallait dévoiler
à tout le monde le secret du Rocher Noir.

Elle attrapa une canne à pêche tombée à l'eau,
retira l'hameçon et, à la place, attacha
des algues aux couleurs éclatantes.

Puis Erine lança sa ligne. Les poissons suivirent les algues,
et le Rocher Noir suivit gaiement les poissons jusqu'au rivage.

De retour chez elle, Erine voulut expliquer comment
le Rocher Noir l'avait sauvée. Mais personne ne l'écouta.

Un peu plus tard, ce soir-là, elle entendit les adultes comploter. Ils voulaient détruire le Rocher Noir, car ils le prenaient pour un monstre... Erine devait passer à l'action !

Elle rama aussi vite que possible,
mais les bateaux la suivaient de près !

Ils étaient armés de pinces et de marteaux-piqueurs
capables de démolir le rocher morceau par morceau !

Erine sauta sur le Rocher Noir au moment où la première pince voulut s'y attaquer. Aussitôt, les vrombissements s'arrêtèrent.

Et tous les animaux qui vivaient sur le Rocher Noir
remontèrent à la surface un par un.

Au clair de lune, la mer s'illumina.
Les pêcheurs n'avaient jamais rien vu d'aussi beau !
Ils comprirent alors qu'ils s'étaient trompés.

Le Rocher Noir n'était pas un monstre,
c'était le refuge de tous ces animaux extraordinaires.

Peu de temps après,
Erine et sa maman construisirent un petit phare.

Le Rocher Noir et tous les animaux furent ainsi
protégés des dangers, pour toujours.